Tristella und Gideon
Band 3

Alle Rechte vorbehalten
© 1993 WeymannBauerVerlag GmbH · Leipzig
Gestaltung: Peter Bauer
Druck: Graphischer Großbetrieb Pößneck GmbH
Ein Mohndruck-Betrieb
ISBN 3-929395-07-X

Frank Weymann

Tristella und Gideon

Der Hügel der Jäger

Band 3

Peter Bauer

Es schien Tristella und Gideon, als wären sie schon eine Ewigkeit durch das verbrannte Land unterwegs. Die Luft flimmerte vor Hitze, und sie schleppten sich nur langsam vorwärts. Beide litten entsetzlichen Durst, und Tristella erschaute bereits Dinge, die es gar nicht gab.

„Dort ist ein kleiner Teich", rief sie einmal. Aber da hatten ihr die Sinne nur einen Streich gespielt. Die Zunge klebte ihr im Schnabel fest.

Dennoch jammerte sie ohne Unterlaß. Gideon litt auch, doch er klagte nicht.

Einen Hügel nach dem anderen waren sie hinaufgestiegen. Und immer wieder hatten sie gehofft, dahinter würde grünes Land sein. Sie stellten sich ein Bächlein und den Schatten dichter Bäume vor. Wie köstlich würden ihnen jetzt sogar Grashalme schmecken. An einen Regenwurm mochten sie gar nicht erst denken. Das Buschfeuer hatte alles vernichtet.

Bald waren Tristella und Gideon so schwach, daß sie die Hügel talwärts nicht hinabgingen, sondern hinabstolperten und schließlich gar

hinabrollten. Es schmerzte ihnen jeder Knochen im Leib. Und dann kam der Augenblick, als Tristella nicht wieder auf die Beine kam.

„Ich kann nicht mehr", sagte sie. „Ich werde hier liegenbleiben und
sterben. Geh allein weiter, Gideon!"

„Kommt nicht in Frage", entschied der Leguan. „Setz dich auf mei-
nen Rücken!"

Nur mit äußerster Anstrengung gelang ihr das.

Gideon schleppte sich mit seiner Last weiter. Bald setzte er die Füße
so langsam, als wollte er im Gehen einschlafen.

Als die Mittagssonne am heißesten brannte, huschte ein Schatten über sie hinweg. Tristella äugte furchtsam nach oben. Über ihnen kreiste Romlin.

„Wie seht ihr denn aus?" rief er ihnen zu. „Ich hätte euch in dem

Aschegrau fast nicht erkannt."

„Na so etwas", murmelte Gideon, „jetzt höre ich sogar schon Romlin reden."

„Es ist Romlin", sagte Tristella.

Niemand brauchte dem Geier zu erklären, wie es um die beiden da unten stand.

„Ihr müßt über den Hügel da vorn", rief er und verstummte jäh. Von

dort krachten plötzlich Schüsse. Aus dem Flügel von Romlin lösten sich einige Federn. Er drehte eilig ab. Eine der Federn blieb vor Gideons Füßen liegen. Sie war blutig. Gideon betrachtete sie und sagte mitfühlend: „Unser Freund hat jetzt bestimmt Probleme."

„Haben wir etwa keine?" erwiderte Tristella. Ihre ganze Sorge galt dem hohen Hügel vor ihnen. Den schaffen wir nie, dachte sie bekümmert. Gideon seufzte nur und begann mit Tristella auf dem Rücken den mühseligen Aufstieg. Immer wieder flüsterte er: „Da oben wird eine Quelle sein. Ein Quelle mit bestem Wasser."

Tristella wollte unbedingt trinken.

„Kannst du nicht einen Schritt zulegen?" bat sie mit schwacher Stimme. Aber Gideon konnte nicht mehr. Seine Beine knickten immer wieder ein. Schließlich hielt es Tristella nicht mehr aus. Sie glitt von seinem Rücken herunter und bewältigte die letzten Meter bis zur Hügelspitze auf eigenen Füßen.

Als sie dort ankam, dämmerte es bereits. Wo aber war die Quelle? Tristella schaute sich suchend um. Endlich entdeckte sie eine Pfütze. Sie wäre fast hineingetreten. Gierig trank sie, bis nur noch der feuchte Sand übrigblieb.

Als Gideon etwas später herangekrochen kam, sagte sie selig lächelnd: „Du hattest recht, Gideon, das Wasser der Quelle schmeckt köstlich. Es ist zuckersüß."

„Das hatte ich doch nur so gesagt, um uns Mut zu machen", wunderte sich Gideon. „Wo ist die Quelle?"

Aber dort, wo ihn Tristella hinführte, war nur noch feuchter Sand.

„Vielleicht sollten wir etwas warten, bis das köstliche Wasser nachläuft", schlug Tristella vor.

„Das war keine Quelle", murmelte Gideon verzagt. Er zeigte auf

leere Flaschen, die überall herumlagen. Da erwachte in Tristella das schlechte Gewissen. Hastig schaute sie in die weggeworfenen Gefäße. Sollte in ihnen nicht für Gideon ein Rest des süßen Getränkes zu finden sein? Aber ihr Suchen hatte keinen Erfolg.

Mit hängendem Kopf kehrte sie zu Gideon zurück. „Entschuldige", sagte sie leise, aber Gideon war bereits vor Erschöpfung eingeschlafen. Tristella kuschelte sich an seine Seite. Ihr schlechtes Gewissen bohrte in ihr. Da vernahm sie von irgendwoher seltsame Laute. Was war das nur für ein Gezische? Diese Geräusche wollten ihr ganz und gar nicht gefallen. Am liebsten hätte sie Gideon geweckt. Aber schließlich übermannte auch sie der Schlaf.

Tristella wurde von den ersten Strahlen der Morgensonne geweckt. Sie glaubte ihren Augen nicht zu trauen. Träumte sie etwa noch? Was für ein Anblick bot sich ihr. Das Land jenseits des Hügels war in helles Licht getaucht. Überall grünte und blühte es, und ein Bach schlängelte sich durchs Tal.

„Gideon, wach auf!" rief Tristella.

Aber so sehr sie ihn auch rüttelte, Gideon wurde nicht wach. Er rührte sich nicht einmal und sah merkwürdig knittrig aus.

„Gideon, wenn du hier liegenbleibst, wird dich die Sonne zu Tode braten." Sie zerrte heftig an ihm. „Komm, mach die Augen auf!"

Aber alles Rütteln half nichts. Was sollte sie tun? Allein weitergehen? Ohne Freund?

„Nein, ich lasse dich hier nicht zurück. Ich werde dich zum Bach bringen. Das schwöre ich dir, so wahr ich Tristella heiße."

Aber das war leichter gesagt als getan. Zuerst wollte sie ihn tragen. Ein nutzloses Unterfangen. Sie schaffte nur, ihm eine Beule in den Bauch zu drücken.

„Mach dich doch nicht so schwer", preßte sie hervor.

Aber es hatte keinen Zweck. Und wenn sie ihn einfach den Hügel hinunterrollte? Tristella schob und schob, aber Gideon rührte sich nicht von der Stelle. Sie nahm einen Ast zur Hilfe. Damit erreichte sie nur, daß Gideon auf die Seite kippte und so liegenblieb. In der Sonnenhitze wurde seine Haut immer faltiger. Ich muß ihn retten! Egal wie. Ihr Blick fiel auf die Glasflaschen, und ihr kam eine Idee.

So schnell Tristella konnte, baute sie aus dem Unrat ein ulkiges Gefährt. Auf dieses kippte sie ihren Freund.

„Halte dich irgendwie fest", rief sie ihm zu und schob Gideon unter Aufbringung aller Kräfte zum Abhang. Von dort an rollte der Karren

allein. Er kam immer mehr in Bewegung, rumpelte über Steine und Bodenwellen. Schließlich raste er regelrecht zu Tale. Welch Wunder, daß Gideon bei der Schußfahrt nicht herunterfiel. Tristella rannte so schnell sie konnte hinterher. Aber das Wägelchen war schneller als ihre Füße. Sie sah noch, wie Gideon im hohen Gras verschwand. Und dann krachte es auch schon. Im weiten Bogen flog der Leguan durch die Luft.

Tristella war wenig später am Unfallort. Ein großer Stein hatte Gideons Talfahrt jäh beendet. Die Trümmer des Wagens lagen verstreut.

Aber wo war Gideon? Schließlich fand sie ihn. Er lag mit geschlossenen Augen am Bachufer, schien unverletzt und lächelte selig. Der Klang des Wassers ließ ihn angenehm träumen. Nach einer Weile öffnete sich sein Mund und die lange Zunge patschte in das kühle Naß. Im Nu war Gideon hellwach.

„Wo bin ich?" fragte er verwundert.

Als er seinen Durst stillte, berichtete ihm Tristella, was geschehen

war, und wie sie es geschafft hatte, ihn vom Hügel hierher zu bringen. Gideon war gerührt von dieser Fürsorge.

„Donnerwetter", sagte er nur, „auf so eine Idee wäre ich nie gekommen."

Tristella war das erste Mal in ihrem Leben stolz auf sich. Da vernahm sie plötzlich wieder jenes seltsame Zischen. Diesmal ganz aus der Nähe.

„Oh, nein!" sagte Gideon gequält. „Nicht schon wieder."

„Was ist das?" flüsterte Tristella.

„Oh, ich weiß es. Davor bin ich damals ausgerissen. Sie sind hier."

„Wer?" hauchte Tristella und blickte sich über die Schulter.

Was sie da sah, entlockte ihr einen kleinen Schrei. Wohin sie auch blickte, überall entdeckte sie furchterregende Fratzen. Zwischen dem Gras, über den Steinen und sogar im Wasser spiegelten sie sich. Tristella schwanden augenblicklich die Sinne.

Im Band 4 lest ihr:

Tristella kam unter einem Grasdach zu sich.

"Wo bin ich?" hauchte sie und hob den Kopf. "Ich habe etwas ganz Schreckliches geträumt."

"Das war kein Traum", sagte Gideon. "Wir sind in Leguanien." ...

Tristella und Gideon

Die Deutsche Bibliothek - CIP-Einheitsaufnahme

Tristella und Gideon : Abenteuergeschichte in 8 Bänden /
Text: Frank Weymann. Ill.: Peter Bauer. -Leipzig : Weymann-Bauer.
Bd.3. Der Hügel der Jäger. - 1993
ISBN 3-929395-07-X